시안황금알 시인선 28

새우깡

조성자 시집

시안황금알 시인선 28

새우깡

초판인쇄일 | 2009년 06월 17일
초판발행일 | 2009년 06월 30일

지은이 | 조성자
편집인 | 오탁번
펴낸곳 | 도서출판 황금알
펴낸이 | 金永馥

주 간 | 김영탁
편집실장 | 조경숙
표지디자인 | 칼라박스
주 소 | 110-510 서울시 종로구 동숭동 201-14 청기와빌라2차 104호
물류센타(직송 · 반품) | 100-272 서울시 중구 필동2가 124-6 1F
전 화 | 02)2275-9171
팩 스 | 02)2275-9172
이메일 | tibet21@hanmail.net
홈페이지 | http://goldegg21.com
출판등록 | 2003년 03월 26일(제300-2003-230호)

ⓒ2009 조성자 & Gold Egg Pulishing Company Printed in Korea

값 8,000원

ISBN 978-89-91601-66-6-03810

시안황금알 시인선 28

새우깡

조성자 시집

황금알

시의 낟알을 뿌리려고 마음의 고랑을 파다
패인 자리, 고무래로 말끔히 고르겠다.
그리고 다시 시의 허리를 은밀히 끌어안겠다.
모국어의 팔짱을 다정히 끼겠다.

날아간 내 시들이 어디에 떨어지든
나는 초심으로 시를 아끼겠다.

뉴저지에서
조성자

차 례

1부

마뜨료쉬까 인형

소리의 길

들을 만한 이야기는 다 들었다는 듯
귀 자꾸 어두워 가는 어머니
소통의 통로가 자주 교신 불능이다
더 들을 것 이제 없다는 듯
댓잎 같이 귀를 치켜세우고도
아득한 동문서답이다

들을 소리 못들을 소리가 한 통속으로 드나들던 와우각
이, 전쟁의 참화나 아들의 죽음이 무서리로 내려 피를 사위
던 소리의 입구가, 가난은 그쯤에서 그만하면 차라리 고마
웠고 바람기 잦은 사랑채를 쓸고 닦다가 몇 번씩 혼절하고
도 모든 풍문을 은닉하던 귀청이, 손을 놓고 묵묵부답이다

데시빌 강도 높이는 보청기로도
한번 돌아 앉은 마음
돌이킬 방도는 없는지
이승의 소리는 모두 부질없다는 듯
호접란 벙그는 것도 잊고 코 골며 주무신다

고드름

구석진 마음 모서리를 접어 각을 세워보고 싶다
세운 각을 벼리다
물의 뼈들 우두둑 깨지기도 하겠지만
한번 수직으로 서보고 싶다

꿈은 일종의
변신이다
모반이다
제 뼈를 깎아 생의 등줄기를 세우는 일
거꾸로 서서 탑을 쌓아 가는 일
따지고 보면 일종의 불협화음인데

물방울들 유연함을 곧추세우려는
안간힘이 요동 않고 매달려 있다

마뜨료쉬까 인형*

할머니의 관절염 속에
엄마의 신경통이 들어있다
엄마의 신경통 속에
내 편두통이 들어있다
내 편두통 속에
딸의 생리통이 들어있다

할머니의 염원은 신경통으로 장수하고
엄마의 미래는 편두통으로 끈질기다
나의 내일은 생리통에 머물러 확고하다

통증으로만 자각되는 존재의 유구함
통증은 총체적인 발언
진화는 아직도 진행 중

*인형 안에 똑 같은 모습의 인형이 여럿 들어있는 러시아 인형

첫사랑

막 샤워를 끝낸 흰색 승용차 가슴팍에
새가 똥을 갈기고 날아간다
갈기다라고 했지만 이 말은 그르다
저 시간의 배설은 최초의 난관
불가항력의 오류다
첫사랑은 출처가 모호한 소문처럼
언제나 아리송하다
뜨거운 입맞춤 격렬한 포옹보다
눈 빛 안에서 더 아리고 떨리던
사랑보다 첫 때문에 더 깊이 음각되던
첫사랑은 첫의 마법에 사로잡힌
공소시효 없는 형량이다

나무의 고백

결 고운 마룻바닥을 닦다보면
다락방에 숨겨진 아버지의 일기장을
훔쳐보는 것 같다
강, 약, 중간약의 호흡 속에서
뜨겁게 자아졌을 문양
울타리로 전진배치 되어, 늘
헛기침을 해야 했던 궁핍의 생을
따라가다 보면 부름켜 사이마다
울음들 납작 눌려 자국이 되었다는 것을
나무가 오래 마른 후에야 알게 된다
닦을수록 또렷해지는 결들은
내성적인 나무의 고백
얼마나 말을 하고 싶었을까
외벽을 향해 거침없고 싶었을까
파라핀 같이 녹아내린 야만성의 세월은
들키고 싶지 않은 여린 속내였을 것
침묵 아래 막힌 누선의 소용돌이가 무늬를 새기고
꾹꾹 삼키곤 하던 외침이 결이 되어 남아 있는
아버지

샌드백

일반 쓰레기 옆 버려진 샌드백
하나가 기립박수 같은 가을볕을 쬐고 있다

얻어맞는 것이 그의 순정
맷집 좋아 사춘기 마음의 열꽃을
다 받아 주었겠다
챔피언 하나 키워냈는지도 모르겠다
뭇매로 누군가의 생에 관(冠)을 씌우고
요절을 꿈꾸고 있는지 모르겠다
맷자국 번져 해진 자리를
긁힌 자리마다 서너 권 분량의 서사가
숨어 있다고 엄살인 여자가 꾹 눌러 본다
깨끗이 마른 비명
여한 없이 살았다고 말한다

수혈

그에게 피의 적선은 새로운 취미
헌혈차에서 적당량의 피를 뽑아내고
철제의자에 앉아 마시는
한 컵 하늘
한 컵 땅

이제 단일은 유치해요 새 피를 수혈 받고 싶어요
유래 깊은 단색을 경멸해요 갑갑하지 않나요?
　깍지를 끼고 강강술래를 하는 단합의 원 돌기는 너무 지루해졌어요 질겨질대로 질겨져 능청맞은 적혈구와 백혈구를 교체하고 싶어요 은사시나무 망막 안에서 온건해진 북방의 피를 주유 받고 싶어요 버뮤다의 남빛 일렁이는 파도를 수혈 받고 싶어요 유전인자가 다른 피들과의 격돌, 아마도 몸은 치열한 격전지가 되겠지요 그 격전의 장소가 새로움을 배출시킬 유일한 대안이 아닐까요?

봉선화

경쾌하게 톡, 터져 사방각지로 퍼지는 씨앗들 그 모양 처량하던 속대는 미끈하고 설음의 계보라던 줄기와 꽃잎은 대차고 기탄없다 실뿌리 몇 포기 얻어 심을 때만 해도, 비적비적 떡잎 솟을 때만 해도, 잡귀처럼 끈질긴 유산에 사로잡혔었는데

울밑에서 군중의 함성 같은 붉은 물결이 적당히 몸집 키워 힘 모으더니 꽃의 혀를 간질이며 벌들 몰려들자 동편제 대마디 대장단으로 훅 밀어내고 수작을 걸어오는 나비 상모 휘날려 돌려차기를 하기도 한다

씨앗을 모아 들인다 까만 핏 속에 험하던 세월의 혈흔 남아 있을까 싶어 손톱으로 긁어보는데 톡톡 튀어나오는 찰진 탄력들
세월의 한 때를 아주 잊은 듯도 해서 제발 아주 잊지는 말자고 말하고 싶다가도

저렇게 해를 거듭해 진화되다보면 느티나무의 넓은 그늘이 못될 것도 없겠다 매끈하고 당찬 매무새 궁색함 모르는 세대들이 배꼽티를 입고 잘룩한 허리를 흔들며 춤을 추고 있다

아비는 진화 중

뒷마당 한 켠 새 식구 드셨다
삼칠일 알을 품고 있는
어미오리 곁에 아비오리
레이다망이 된 목을 빙빙
돌려가며 망 본다
양식을 구하러 갈 때도
반경을 크게 벗어나지 않는다
찬비 쏟아지는 저녁
유구한 내력이란 듯 흠씬 젖은 채
묵묵히 보초를 선다

허기에 대한 공포가 아버지 헛기침을 키웠어요 기침의 수위가 집안 공기를 더 차갑게 했지요 먹고 살만해진 게 언제부터라고 자유타령이냐 철없는 것들 같으니라고 공복이 무서운 나는 알아서 기었어요. 집을 지키는 일보다 더 중요한 게 뭐가 있냐 가문의 문지기 하나 세우기를 원하다 뜻 이루지 못하자 딸에게 남장을 시키기도 했지요 새벽 종이 울리고 많은 애들이 야반도주를 일삼았어요 약 오른 애들은 차츰 아버지와 샅바를 맞잡고 기선제압에 성공한 몇몇은 아버

지의 영역을 무단으로 점검했지요

아비오리는 어미오리보다 목이 길다
토막잠을 자며 경계를 늦출 수 없었던
수난의 날들
길어진 목은 슬픈 진화
지상의 힘없는 아비들의 목이
점점 길어 진다

새우깡

진공포장 속 새우는
아직도 깡으로 버틴다.

간신히 궁핍 비켜간 자리 아삭아삭 씹히는 입 속의 황홀
은 분투였던 것, 무취의 첫 경험이 시간의 각질에 눌려 있
다가 발갛게 달아오르는 저녁, 세월 한켠에 송곳니로 박혀
버티는 새우함량 칠 프로의 미완이 새우 아닌 것들과의 끈
끈한 단합으로 역사를 이루다니 새우는 알지 못하고 오직
깡으로 익혀버린 세상, 그 깡다구는 결핍에 대한 순응이었
는지도, 무수한 요동의 강을 휘청거리며 다다른 곳 여전히
새우는 칠 프로 미만.

친구처럼 가을이 왔다

지나다 들른 듯 초인종을 누르지도 않고 벌컥 문 연다 나
는 가을을 받아 건다 가을이 제 집인 양 까칠한 등을 내게
기댄다 전에는 이렇지 않았다 그가 낯을 바꿔 상견례를 해
올 때 나는 그와 늘 티격태격했다 때론 심한 다툼을 벌이다
앓아눕기도 했다 돌아보면 그와 나의 불화는 흑색선전에 물
든 때문이었던 것 같다 선동하는 무리들은 늘 색을 앞세운
다 혼곤하게 바래버린 아득함의 저편 날개라고 생각하던 푸
르른 시절도 생을 현혹하던 과대광고였는지 모른다 가을이
정탐꾼처럼 나타나도 동요 않겠다 그 손아귀에 사로잡혀 병
깊어져도 내치지 않고 그를 들이리라 사이좋게 동거하리라

향기를 채집하다

단맛을 비축하는 땅벌들 분주함을 밀치고
과수원 상공을 배회하던 무지개
철책 위에 걸터앉는다
몸 살라 제 올릴 준비를 하고 있던
당도 높은 사과 위로 빛들의 화음 쏟아지고
무지개 노련한 후각은
지상의 가을 냄새를 채집해
별나라로 전송한다

모든 향은 꽃의 그늘이어서
향의 씨앗들 사라진 자리에는
잘 견딘 흔적들이 메달처럼 놓여있다
참아낸 자국에 아름다움이란 이름을 붙여본다
내 안에 너의 자국이 네 안에 내 자국이
그러했으므로 오래 아름답다고
말해보는 지금은,
사과를 품어 향기를 거두어들여야 할 때

나비스코* 앞에서 잠깐

추위가 종종걸음을 치고 있는 공장 앞
때 아닌 꽃망울 벙긋거리는 것 본다
갈매빛이었다가 담황색으로 구워져
시장기 도는 빈속에 스며들면
향기의 소리 은은하다**

냄새는 불빛 흐릿한 부엌
여닫이문을 힘차게 밀고 나와
천지사방 흩날리며 만개했다
너무 눈이 부셔 가혹했다
석가래 사이사이 집념처럼 배어 있던
궁상을 한방에 날려버렸다
통쾌한 구원투수였다

후각은 청각보다 완강한지
침몰되어가던 아득한 저쪽을 불러들인다
도주를 시도해 보았는가
달아나던 발길 벌집 같은 마음을
잡아끌던 저녁의 호각소리

어머니 밥 잦히는 냄새

*북부 뉴저지에 있는 각종 과자를 생산하는 공장
**소설『혼불』의 한 문장

진통제

눈을 뜬다
조명 강하다
엄마 ! 하기도 하고
정신드셨네 ! 하기도 한다
마취로 눌어붙어있던 세포들이
수수목 같이 일어선다
　－내 새끼들－
막내의 손을 잡는다
근육이 잡힌다 제법이구나
누나들을 따라다니며
사태파악에 어리둥절했을 늦둥이
어느 낯선 별을 떠나와
내 슬픔에 동거하는지
잡목 숲 같은 생을 뒤따르는지
강도를 높이던 모르핀을 끊기로 한다
저 애들이 진통제다
충분한 이유다

꽃은 배후가 있어 아름답다

자목련 흐드러져 꽃그늘 깊은데
피막 같은 그늘 속으로 마음 밀어 넣다보니

그늘보다 더 까만 꽃의 배후가
툭 떨어진다

너의 정면은 꽃이다
나의 정면도 꽃이겠지

우리가 콸콸 쏟아내던 웃음은
뒤가 밀어올린 앞이었을 것인데

뒤는 습하다는 걸,
축축하게 웅크리고 있는 걸,

바코드처럼 난해한 배후를 지니고 있어
꽃은 아름답다
라는 문장은 완성된다

2부

청바지

청바지

쌍권총을 조준하고 초원을 달리던
서부 사내들 피의 내력 탓인지
엉덩이 사이 느슨해진 욕망의 뿌리를
쫘악 조여 올 때면 야성이 동한다

다른 몇 개의 이름을 부여받고부터
장방형의 이름 속으로 매몰된 더운 피
협곡을 넘어 너른 세상을 점유하리라던 이제,
순전히 비약된 상상에 부쳐지는 기약들
불온 삐라처럼 흩날린다
크지 못한 꿈의 지진아들이
울며 엉겨 붙는 회한의 골목
오랜 배회가 청색기지로 타전 된다
위험한 모색이다

한 때, 네가 표방했던 자유는
도심 속 하이힐과 결탁하여
또박또박 간격 맞춰 걷고 있지만
그러나 아직도

사랑의 파편에 관통상을 입고
휘청거리던 한 시절의 장딴지를
꼿꼿하게 버텨주는 너는 푸른,
푸른 이름이다

이민자

내 혈액의 일부는 적선의 피입니다
혈액형이 같은 이유로 내 운명에 합류했지요
부러진 팔목을 지탱해 주는 건
고강도의 쇠붙이라네요
일부는 버리고 일부는 받아들인 나
순도를 낮춘 것은 스스로의 병법입니다
내 몸의 이물들은 대체로 순하지만
가끔씩 발작을 일으키는데
이 발작은 동화의 청신호 다만,
변절에 대한 부끄러움의 결과라고
충분히 이해합니다

나는 이제 당신에게 몰입하겠습니다
반목의 세월은 그만하면 족하지요
순도 백 프로를 고수한다는 건 끔찍한 이상
인간의 변천사란 이입과 탈퇴의 과정 아닌가요
나는 메저리티로의 귀환을 넘보는
지극한 마이너리티, 나의
일부를 내어주겠어요 당신의

일부를 기꺼이 받아들이겠어요 다만,
내 몸의 이물들처럼 가끔씩
얼굴 붉히며 울기도 하겠지요

문신

무한 천공에 귀를 대고 장이들의 솜씨를 엿본다
한 땀씩 각을 뜨며 문양 새겨가는 능람함
형체란 내적 표상 저 애너그램은
만삭된 구름의 꿈들인지도 모른다

사내의 어깨위에 용이 그려져 있다
용은 이무기의 다른 미래
개천에서 비승飛昇을 도모하는데
활공은 지나치게 필사적이어서
때로 세상에 딴죽을 걸기도 하지만,
욕망은 너무 뜨거워 거칠기도 하지만,
매끄러운 피부 속 폭발하던 실핏줄의
질주가 대로를 휘어잡기도 하지만,

내가 시의 궁벽에 축축이 몸 적셔 일필휘지를 꿈꾸듯
그의 문신도 한 획 붓질
바라는 것들의 실상 믿음의 증거* 같은 거 아닌지 몰라

*히브리서 11장 1절

달력

그의 유품은 남루했다
묻어있는 손때가 유일한 전적일 뿐
무엇도 눈길을 끌지는 못했는데

머리맡에 두고 날마다 점검되던
여름과 가을이 나뒹굴고 있다
아직 당도하지 않은 날들의 하얀
발목에 족쇄를 채워놓기도 하고
붉은 끈으로 허리춤을 단단히 묶어
절대 잊어서는 아니 된다고
눈여겨 봐야한다고
선이자 떼는 고리대금업자처럼
시간을 가불해 놓기도 했다

몬드리안 기법의 회화가
남극의 풍경들과 야합해 세운 구조물 속
호명하고 싶어 했던 미래는 종적을 감추고
다다르지 못할 날들을 제압하고 싶었을까
내일이란 건달 같아서

큰소리 일삼는다는 걸 알았던 걸까
그가 꼭 지키고 싶던 이미,
이승에선 명을 다한 약속들이
뻘건 복면을 두르고 아직도
그를 기다리고 있다

소

광장이 치켜 든 촛불 함성 속 레위기*가
마른 침을 삼키며 지나간다
'그 예물이 소의 번제이면 흠 없는 수컷으로'
신문지에 싼 쇠고기 한 근은 아버지의 절대 권위
돼지도 아니고 닭도 아닌 소의 담력으로 아버지
그 자리를 오래 지켜왔다
'그 피를 가져다가 회막문 앞 단 사면에 뿌릴 것이며'
마른 풀의 경건한 식사 여물을 쑤던 내 사춘기는
격하게 솟아오르다가도 소의 눈망울 바라보며
순하게 고비를 넘을 수 있었다
할머니는 우물우물 잇몸으로 사생결단하듯
쇠고기 잘도 삼키고 국물만을 챙기던 엄마는
쇠심줄처럼 젊음을 씹어 단물을 우려냈다
'그 번제 희생의 가죽을 벗기고 각을 뜰 것이요'
오라비 등록금으로 환생하던 소는
육질이 아니고 정치는 더욱 아닌 숭고였는데
광기의 군중 틈에서 불타고 있다
'내장과 정강이를 물에 씻을 것이요 제사장은 그
전부를 단 위에 불살라 번제를 삼을지니 이는

화제라 여호와께 향기로운 제사니라'

*구약, 모세 오경 중 하나

뉴욕에 비가 온다

밤비 다녀가신 아침 땅은
화장 잘 받네
물기 닦고 밀크로션 조금만 발라도
전희 중인 여체처럼 야들야들
멧새 부리에도 황홀경이네

뉴욕이 비 오신다고 들떠있네
유목의 피에서 발원하여
한반도가 품어 익힌 음音
근육질 유연한 놀림으로 정상을
거머쥐는 당돌한 소리꾼
공중파로 석권한 세상은 눈부시기도 해라

비야 비야 내려라

벼슬을 세워 봐라
오천 년 넘보기만 하던 대륙의 콧잔등을
헤딩슛으로 멋지게 명중시켜 봐라
불거진 광대뼈 째진 눈으로

사고 한 번 확실히 쳐 봐라

소리를 메고 비가 뉴욕으로
동풍을 일으키며 온다네

1월의 방중술

시간을 맛있게 말아먹고 빈 그릇,
허기도 포만도 일 없다는 듯
대자로 길게 누워있다

너무 묵어 돌이 된 생각들이
제 부리로 자해를 시도하는 년 초
모든 완료형 서설들의 목차를 바꾸려고,
헛기침 같은 이론들도 부숴버리려고,
오래 빛을 등진 동굴 속의 핵심을 향해
달려드는 강속구의 시선이
빈 그릇 위에 파르르 꽂힌다

저 불가해한 표정을 이해하는 길은
그의 심기를 건드려 보는 것
옆구리를 간질여 웃음을 토해내게 하거나
갈비뼈를 부러뜨려 울음을 게워내게 하는 일 아닐까
아주 단번에
아주 순식간에
그의 명치에 어퍼컷을 가하는 일 아닌가 몰라

헛소문

사태의 진위를 캐보겠다고 사람들
머리를 맞대고 몰두하고 있다
수년 째 문자해독에 매달려온 원탁
총명한 눈매 위에서
철학적 수사의 옷을 입은 노인,
수학적 대비의 신을 신은 청년,
문학적 솔을 두른 여자가
소문의 배에 메스를 들이 댄다
저 시술은 벌써 여러 번째 종양은
발견되지 않고 몇 개의 물혹만 찾아낸다
자료가 더 필요 했을까?
명상도 부족했지?
자문자답으로 의자의 낡은 다리가 그르렁 대는데
정설이라고 우겨대다 살점 뜯긴 소문의 정강이를
방언의 사내가 걷어차고 일어선다

다 그렇고 그런 거지 뭐

창 밖에는 어린아이를 업은 노파와

시속을 즐기는 철재괴물에게 밟혀 저승의
바리케이트를 들이받은 적 있는 여자가
우렁이처럼 앉아 달래를 캐고 있다
소문의 출처를 묻고 있다

폐쇄 회로

사물의 뒤통수에 필이 더 꽂히는
아무래도 나는 관음증 증상이 있다
밝은 한낮보다 그 뒤태에 눈이 가는
웃음보다 울음에 바짝 다가서는
편집증 증상이 있다

참죽의 심장을 사정없이 쪼아 대던 박새는
말줄임표만 남기고 사라진다
본질은 쉽게 노출 않는다고 묵언 중인 숲
한염旱炎 속 선문답 자우룩하다
뒷면은 앞면과의 무수한 충돌인지도 모른다
뒤가 더 검은 것은 그 때문인지 모른다

앞은 뒤의 실상, 그래서
뒤는 앞의 유추해석인데
배냇병 같은 이 폐쇄 증후군은
발설을 향한 무한 질주 같은 것

이 도시는 나를 방목시킨다

이 도시는 나를 방목시킨다

마천루에 새벽달 얹히는 시간에
제의를 입히는 야크 떼
배교를 꿈꾸며 모여든 자들과
긴밀하게 연대하는 파발마

유목의 조건은 목초지를 따라
미련 없이 이동한다는 것
숙면은 금물 보행이 용이한 곳에
게리를 쳐야한다
골목에 떠도는 소문은 놓치지 말 것
그것을 선점해야 한다
각처에서 흘러든 모두가
배다른 누이요 오라비라는 것
피의 언쟁은 금물이다

바람은 골목을 훑고 지나다 익살스럽게
게리의 이마에 내건 가훈을 흔들어본다

잠시 기우뚱거리다 이내 바로 서는 간판들
얼마나 머물 것인가 묻지 마라
저 초원에 해지기 전 우린 또
흩어져야 하니까

외도

그대 등지고 외도에 든 지 십 수 년
바람기에 들뜬 몇 해는 황홀도 했다
새 연인의 품은 뜨겁고 풍성해
빈궁의 여한이 나른하게 풀리기도 했는데

그대 치마폭에 싸여
일부종사 지키던 장구한 세월
황토 흙 자근자근 밟고 돌면
익모초 갈 볕에 타다
휘모리장단으로 굽이쳐 별이 되던,
흑단머리 가르마 곧은 신작로 옆
망부석이 되었을 나의 탯자리

수만 물줄기 모였다 갈리는 신대륙
배냇 욕망들 삼삼오오 몰려다니다
제풀에 수그러드는 저녁이
황석어 젓 같이 물큰하게
시력 떨어진 눈가를 간질이는데

새 사내 품에서 이미
아이 서넛 분가시켜 볼모가 된 터
화농만 번지고 있는 나의 망향望鄕

보헤미아로 가는 기차

표를 한 장 구해야 겠어요 그대의 배웅은 사양하겠어요
따뜻한 손을 슬쩍 뿌리치기란 쉽지 않을 테니까요 질겨질
대로 질겨진 체내의 줄기세포들을 자근자근 다져 부드럽게
펴고 싶어요 그러나 그동안의 지주목들에게 무례하게 굴진
않겠어요 보헤미아로 가는 동안 몇 개의 정류장을 거쳐야
할까요 해바라기 피어 있는 역이 나타나면 대책 없이 불장
난을 해 볼까요 그러나 딱 한 번이면 족해요 거듭된다는 것
이 얼마나 질 나쁜 연애*인지 알잖아요 기차 안에서 생면
부지의 사람들을 만나겠지요 그들이 누구든 상관 없어요 다
만 그들의 눈이 투사해 내는 기묘한 인생을 받아 들이며 그
저 동행이 될거예요 적당한 격리가 가장 안전한 거리란 걸
아니까요 기차 안에서는 자주자주 깊게 침잠하고 싶어요 몰
입이야말로 완전한 해방이니까요 보헤미아에 도착하면 나
는 가장 조용한 장소를 택해 성스러운 제단을 만들고 싶어
요 나의 등뼈와 내장을 살라 제를 올리는 찬미의 순간을 경
험하겠어요

* 문혜진의 시집제목을 차용

가을 호수는

제 가슴팍에 산을 받아 적고 있다
성근 이마, 자우룩한 골짜기도
바짝 귀 대고 꼼꼼하게 받아 적는다
수시로 변하는 표정을 기록하는 일은
그의 오랜 일과
이제쯤 한 소식 얻었을 만도 한데
아직도 습작 중이라니

고요는 유일한 붓이었을 것 그래서,
제 살갗을 다스리는 일은 기도였을 것인데
산의 발밑에서 일그러지는 날 많았지만
산이 뱉어내는 푸념을
좋은 물감이라고 다시 또 시작한다네

귓불을 찌르고 달아나던 청둥오리
까칠한 부리는 물멀미 내며 꽥꽥대고
산과 호수, 필생의 업을 지켜보던
잣나무는 저녁 아래로 수굿한데
작은 소리에도 솜털 돋는 물 가장자리

속 헛헛한 사람들 모여 앉아
호수의 생애는
강도 높은 수련과정이라고
제 급소에 자화상 그리는 일이었다고
물색없이 떠들어 보는 시월

감기

그가 내 몸에 잠시 거처를 틀 모양이다

혼을 담아 둘 말을 찾아 고심하던 밤처럼
그도 제 존재를 드러낼 몸을 찾아다녔을 것이다

항생제로 단번에 쫓아내야 한다고 하지만
나는 그러지 않기로 했다
아픔도 오래 겪다보면 정이 들어
동지인 양 착각되기도 한다
핏줄을 타고 돌면서 수시로 각성을 촉구하는
질기고 피로한 인연
누구도, 아무 곳에나 거처를 정하진 않는다
차라리 얼마나 머물 건가 묻고
흙 묻은 신발을 닦아주며
정성껏 예우를 해야겠다

한가위

덜컹거리는 문을 밀고
제 그림자 속으로 낯설게 들어서면
접힌 책 같은 방들 불 켜지고
벽장 속에 숨어 울던 냄새들이
부엌으로 모여들겠지
마당가에 아무렇게나 펴 터지기를 기다리던
과꽃은 다리 아픈 노모를 대신해
부산을 떨고 모든 걸 기억하고 있는
방들은 금세 그리움의 성토를 하겠지
노독 풀어지고 얼큰해진 뒤란
널어 말린 고추처럼 동생은 코를 풀고
오그라진 노모의 자궁
가물어 가는 탯자리
오남매가 지리고 간 웃음 돋아나
하루쯤은 아람 벌어 벙긋 거리겠네

서머타임

죽은 시간을 뒤적이며
추억 따위를 건져내진 않을 거야
시간의 밑둥을 잘라 나이테를 감상하진
않겠어 차라리 음지 아래 소리들
볕으로 불러 내 물을 주겠어
허약한 몸 구리빛으로 다부져가는
것을 지켜보겠어

당기고 늦춰볼 수 있는 한 시간
세월의 틈새에
은유를 저장하겠어
희망이란 벼랑에서 피는 꽃
시간은 충분해
여름날의 한 시간은
수태와 분만이 가능하지
그 후엔, 순순히 귀향하겠어
길섶의 클로버처럼 부드럽게 야위어가겠어

새벽, 박하껌을 씹는 골목

환도상어의 뱃속 같이 긴 골목
권태가 기생하는 이빨 사이로
박하 향 치솟는다
미로의 녹슨 집을 박차고 나와
무작정 상경을 꿈꾸는 반항아들 향해
간밤 어둠에 배부른 가로등
정중히 경례를 하고 있다

그는 유일한 목격자이며 증거인멸

새벽은
뻑뻑한 밤의 눈을 열고 누군가 빛을
풍구질하는 그 시간쯤이라고 하면 될까
순식간 들어 메어치는 풀라잉 폴* 이다
아니다 등에 기어올라 어깨를 찍어 누르는
보디 프레스* 같은 것 빛과 어둠이
짧지만 길게 맞서야 하는 일초 동안이다

삐걱거리며 들창 열린다

집의 아가미들이 벌름거린다
앓는 소리를 내던 집들이
뱉어 놓은 수초 사이로
암회색 지느러미를 뒤척이며
골목이 헤엄치기 시작한다

*프로레슬링 경기 용어

3부

■ 시인의 얼굴과 육필

58

조성자

고드름

구성진 마음 모서리는 제에 각을 세
워놓고 산다
세운 각은 버리다
돌의 뼈들 우두둑 깨지기도 하겠지만
한번 수직으로 서느른 선다
끊는 일족의
반신이다
오반이다
제 뼈는 깎아 새의 등줄기를 세우는
일
거꾸로 서서 탑을 쌓아 가는 일
대지로 보내 일종의 불계라는 인데

동방호는 유예받는 순추세우려는
안간힘이 오 돌 앓는 매달래있다

4부

카니발

분만실

30분 간격은 통상
10분도 엄살이고
1분, 차츰 30초 사이 사이로 죽음이 압박해 오고
혼절의 순간, 비명이 허공을 칠 때 잽싸게
생명은 탄생한다

그해 겨울
그들은 무작정 귀향했다
노독 풀고 한 숨 단잠에 들었다
잠은 영험한 제사였다

삼월 아침, 문을 나서다
아랫도리 힘 바짝 주고 있는 마당을 본다
잦은 간격으로 진통 중인
수선화 손잡고 나도
이 악물고 힘주자
양수 터지는지 사방에 비명 붉다

카니발

내 안에 매장되어 있는 슬픔은
당신과 동명입니다
당신 안에서 발굴을 기다리는 것
역시 나 였던가요

명명命名되어진 것은 다
중량을 갖고 있습니다
당신이라는 방향 안에
나라는 지시 안에

막장에 갇혀 검게 타던
당신과 내가 비행합니다
서로를 향해 토해지다
공중선회하는 휘파람의 꼬리 깁니다
축제는 모종의 가장행렬
가슴 한쪽의 만국기입니다

(휠체어에 앉은 노모를 뒤에서 밀며
 백발 아들 아카시아 향기 안으로 사라진다)

말복아침

출근길 서둘러 길을 가다보면
간밤에 객사한 시신들 여럿 지나치게 된다
더러는 피해가고 몇몇은 시신 위를 확인하듯 뭉갠다

가로질러야 할 저 길 적지라는 걸 알고도
목숨 내놓고 정면으로 뛰어들어야 했을
이유를 묻는데 빛은 끝내 묵묵부답이고
운명과 충돌해 쓰러진 아직 푸른 털의 윤기
남아 있는 길 위의 성자들

마흔 중턱에서 툭 끊어진 오라비
생의 중량 때문이라는 의사의 말이 유일한 단서이던
관통해야 했을 그의 길은 순종이었는지 반항이었는지
산 자들 속에 말갛게 가라앉은 그를 기억하다
헛헛한 웃음을 게워내는 말복아침

가지 끝에 방들이 걸려 있다

목련나무 가지 끝마다 방들이 내 걸린다
비밀이 공개되는 수천의 방
열어젖힌 창문으로 쏟아져 나오는 생명들
목숨은 가차 없는 돌파력이 있어 생명 아닌가

고비를 넘기지 못하고 낙마한 꿈들
이루지 못해 앓아누운 사랑이
자결을 결심하고
제 안 깊숙한 곳 방 하나를 정했다
사무라이 방식의 속전속결은 어떨까
아니다 죽음은 깊은 잠의 다른 이름
숙면을 청했던 것인데
격리이기도 하고 차단이기도 한
다소 습한 공간에서의 유숙을
즐겼던 것인데

숙성 안 된 마음을 밀폐된 용기에 넣고
외로움으로 가열하면 외압을 견디다가
대기권을 돌파하는 힘이 생기는 것인지

부활은 죽음의 속고의를 만져 본 이들의 몫

눈 떠보니 저기,
목련나무 가지 끝 온통 환하다

파안대소

열매들 톡 톡 톡 떨어진다

잘 여문 것의 낙하는 저리 가볍고 명쾌하여
만루 홈런처럼 뒷맛 개운하다
말벌들의 윙윙거리는 소란을 비켜
산을 내려오는 사람들의 무릎은 무중력이다
울음을 둘러메고서야 비로소
웃음이 맛 들듯이 인대 늘어난 발목
무게 걷히고 가뿐하게 하행한다
갈 볕 지나는 길목
방울뱀 침묵에 들 채비를 하고
군살 빼는 잡풀들 부단한 선행은
박하사탕 맛 같아서
풋것인 나도
감량, 감량 중이다

무용담

그녀는 한쪽 유방을 잃었다
잔여분의 시간을 얻기 위해 치른 값이다

사라진 한쪽 가슴에선 자주 뿔이 솟았다
무엇이든 들이받아 상처 마르지 않았다
백기를 앞세우고 싶기도 했으나
견디는 일은 방패가 아니라
과녁을 겨냥하는 일이라고
소란 없이 참아냈다
전투는 모질고 길었다
싸움 지나간 자리는 북새통이었는데
곁에서 응원하던 이들의 박수소리가
협곡을 비질하자 사라진 한쪽 유방이
봉긋이 피어 올랐다고 한다 아마도
지상으로 내려온 천상의 꽃 아니었을까

지금 봄 들판은 사선을 넘어온 전사들
몰려들어 무용담이 한창이다
형형색색 왁자하다

봄 산

확신을 갖는 일은 믿음의 시작
감춰진 손이 세례를 주자 아멘으로 화답한다

교리문답은 간결하지만 엄숙하다
수령 깊은 리기다소나무는
울컥울컥 통회의 눈물 쏟아 내
옆구리가 진득거린다
세속의 물관을 타던 계곡 메아리들도
푸르게 성화되어 간다
확신이 덜 선 활엽수들은 여전히 탐색전이다
한눈을 팔고 딴전을 부리는데
금식 중이던 산벚나무 잎눈 밝아져
확신과 불신 사이의 살얼음을 녹이려고
중보기도에 들고
햇살에 콕콕 찔리는 구릉 너머 응달도
전도 여행 중인 바울처럼
성령 충만, 충만하다

신의 호출

모래둔덕에 머리를 눕힌다
짭잘하게 간 밴 바람 실크처럼 휘감기고
올려다 본 하늘 깊은 곳
어떤 별의 나라를 상상한다

빛들의 활강은
어디든 돌진하기를 즐기는
이단아들의 유희라고 생각하는 동안
상상의 별 하나에 나는 고정된다
그도 나를 응시한다
익숙한 낯설음이 굉음을 내며 몰려온다

그는 이탈을 모의하며
중력과 무중력의 경계에 서있다
미끄러진 별똥별 대기권을 돌파해
붉고 선명하게 사라졌다
이 별에서의 도주는
저 별에서의 분만
무통분만이란 짝퉁과 같은 것이라고

아플만큼 아픔으로 진짜에 이르고 싶다더니

사용연한이 남아 있는 그를 호출하면서 신은
한마디의 양해도 구하지 않았다

봄비는 씨눈을 가졌다

쏟아지는 빗방울 가닥가닥이
까만 눈을 가졌다니,

낙하는 수컷의 공격성을 닮았다
수용도 필사적
땅은 몸 풀고 쾌락에 든다
한꺼번에 수억의 생명을 쏟아내느라
몽롱해진 하늘
눈 맞춘 것들은 분가를 서두르며
우거에 들고
경도 끊긴 몸도 스멀스멀 요동한다
물방울들은 지상의 늙은 어미
선잠을 깨운다

사랑은 한바탕 광풍에 휩싸이는 것
껍질 벗고 속살 내 보이는 것

십일월

남쪽으로 흐르는 강을 끼고
기차는 북쪽을 향해 달린다
인조 속곳 스치는 소리 같은
갈대꽃 무성한 비음이 간이역에 잠시 멈춰
덩달아 휘파람을 불기도 한다
가을은 동행 없는 궤도열차를 타고
우리들은 북상 중이다

게임은 이제 끝났다
관중들은 미련 없이 자리를 뜨고
진 자도 이긴 자도 매트 위에
혈흔만을 남긴 채 링 밖으로 사라져
은둔에 든다

십일월의 바람은 부활 선언문
우리는 다시 또 현판식을 해야 한다
무저갱 같은 빙하 속으로 뛰어들어야 한다
무한 반복을 견디는 일
우리는 불이어야 한다
동행하는 불이어야 한다

화상

초록이 대오를 갖추고 행군을 시작한다

가파르고 신산한 구릉을 자박자박 디디며
기다림에 짓무른 모퉁이에 이른다

어린 병사들을 환영하며
동구 밖이 일제히 일어서는데
기계총 난 머리처럼 움푹하게 패여
요동 않고 있는 곳
가만 보니 불붙었던 자리다
한 때 뜨겁게 타오르다 불 덴 자리가
아직도 일어서지 못한다
사랑은 다 타올랐거나 마저 타지 못했거나
지나간 자리는 저리 흔적 깊어
오랜 동안 고열에 시달려야 하나보다

깃발을 휘두르며 분연하던 초록이
화상 입은 얼굴을 말랑한 혀로 핥고 지난다
백약이 무효더니

타버린 줄기들 일어선다
일어나 한 말씀 하신다

겨울 숲

가파르게 능선을 내려가던 바람
원장 수녀의 회초리 같이
숲의 종아리를 훑고 지나자
그레고리안 성가 울려 퍼진다
까치발로 언 땅에 서 있던
나무들의 한기가 피아니시모로
조용한 아침미사가 된다
지나던 한 무리 철새들 가던 길 잠시
멈추고 노간주나무 언 볼에
톡, 톡, 톡, 기도문을 새기고
온기가 그리웠던 잔가지들
잠깐 휘었다 선다

대리석 바닥에 참회로 엎드린
어린 견습 수녀의 울렁임을 눈치 채고
성배 같은 햇살 지긋이 비춰오면
마리아는 자꾸 수녀원 철책을 넘겨다보듯
산벚나무 제 마음의 불을 어쩌지 못하고
여린 잎눈을 떴다 감았다 한다

커피에 관한 몇 가지 다른 생각

모든 맛은 '쓴' 맛에서 우려낸 것이라고,
모든 사물은 '불랙'에서 채취된 것이라고,

불랙커피에서 유래한 온갖 가설은
정설을 앞지르는데

'커피 한잔의 여유' '커피 한 잔의 낭만'
이라는 역사성 희박한 이
확고부동은 일탈을 향한 트릭

커피는 맛의 표명이 아니라
그것이 아우르는 공간적 확보에
기인한다는 설을 나는 지지 하는데
커피는 맛의 집중도에 있지 않고
불랙이 토해내는 향의 반경 안에 있다
커피가 맛의 중독을 일으키면
커피는 여유도 잃고 낭만도 사라져
모닝커피의 일상성만 후줄근히 남는 것

노아의 방주

어느 한 순간 지구라는 행성이
불꽃놀이를 하며 환하게 터져
증거인멸로 사라질 때를 대비해
방주는 만들어 질 계획이라지요
달 한켠에 착륙시켜
문명 복원의 씨앗으로 삼는다는 군요
잿더미 속에서 용케 살아남은 자를 위해
아니면 모험심 많은 외계의 여행객을 위해
단서를 남긴다네요

육십 억 인구가 살았던 지구를
유전자로 재생시켜 놓고
그들은 뭐라 할까요
파멸의 이유를 조목조목 듣다가
'사랑할 줄 아는 이들이 살았었다'라는
한 줄을 요약해 낼 수 있을까요
아니면 시처럼 은유를 동반 할까요

그대와 나의 시간 속에서 사랑이라는

유전자를 추출해 볼까요
풍랑으로 일그러진 물줄기에서
딱 한 방울의 눈물을
타임캡슐에 담아 어느 불모의 별에
영구보존 할까요
미래의 발굴자들을 위해
돌 속에 가만히 스며야 할까요

시월 비

잘 여문 꽃씨처럼
가장 습한 곳에 맺혀있던 울음
터져 둑이 넘친다
울음에 귀를 댄다
그 소리 이명으로 듣는다
맹렬한 고공낙하에 난타당하는 밤
나도 저렇게 울고 싶은 때 있다
범람하고 싶은 때 있다
눈물로 깊이 씻겨 말개지고 싶은 때 있다
저렇게 울어보지 못한 나
아직 멀었다
아직 멀었다

5부

꺾임이야말로

꺾임이야말로

갓길로 몰리던 바람
방음벽에 부딪고 드러눕자
네거리가 냉기 가시고 유순해진다

빛이 물방울에 코 박고 휘어질 때
무지개 일곱 빛깔로 가닥을 치듯

굴절,
그 꺾임이야말로 유구한 변성

제 안을 들여다보느라 점점 등이 굽는
짓무른 옆구리에서 푸른부전나비
날아오른다

단풍나무

한 때
정체성 여부로
침체되기도 했던 그녀가
보란 듯 몸치장을 한다
여자가 화장 짙어지면
색이 동한다는 증거 그녀의
과감한 변신을 놓고
이웃들은 수군거린다
무리 없이 살아온 지난날들까지도
도마 위에 올려져 잘근잘근
다져지곤 한다 그러나
생의 마지막 베팅이란 듯
스스로 제 몸 화형시키겠다는 듯
붉어져 가는 위험함
벨벳자켓 벗어놓고
알몸으로 늙고 싶다고 말할 때
그녀는 이미 전복되었을 것인데
불륜에 매료되었을 것인데
모두 등 돌리고 홀로 남은

붉은 그늘 아래 쑥부쟁이만
머리를 외로 꼬고 올려다 본다

마지노선 1

국가國歌가 울려 퍼지는 동안
실신한 그의 어머니를 부축이며
오열이 난동을 부렸다

역사는
피로 연명되는 동물성
끊임없이 제물을 요구한다
홍안의 피는 효험 높아
제국의 머리에 면류관을 씌워 주는데
물 좋은 먹이만을 탐하며 배를 불리고도
시나브로 늙고 있는 지상의 제국들

모든 사소함 속에 배태된 뜻

이국의 늪지대를 통과시키기 위해
제국은 그의 생명을 저당 잡았다
성조기를 덮고 영원의 잠에 이른
광대뼈가 협곡 같은 그를 향해
사소하게 거수경례를 하고 있다

*교포 미군 김정진씨는 이라크 전에서 전사했다. 그리고 '사후시민권'을
 받았다.

마지노선 2

뭍의 가슴에 엎어져 있던 배가 뒤척인다
뭍에서의 불면은 물 위의 독법을 잊게도 했는데
칠 벗겨진 이마가 물에 닿자 기억은 습관처럼
살아나 수평선을 향해 몸을 뒤튼다

배를 뭍에 대는 일은 최후의 낙법 최초의 비상
제 안에 코를 박고 숭고에 들던 사람들의 기도문이
천상을 향해 피어오르고 정지선을 딛고
튀어 오르려는 뱃머리가 어패류의 눈 같이 깊다

너무 오래 그대에게 엎드려 있었다
나는 스스로 자처한 근시,
걷는 법을 배우는 물고기처럼 매번 허탕,
소음 줄이고 음각에 들던 시간조차 썰물지고
한 무리의 봄 햇살은 집념만 같다
그대로부터 멀어지는 일, 몸을 뒤집는 일,
그 간극에 나의 구호는 있다

수상쩍다

이불 호청 빨다말고 집을 나섰다면
그녀를 눈여겨 봐야한다
참억새 다발에 발 빠져 하루 일을 망친다면
그녀는 점검이 필요하다

모든 어제는 서러움의 발원지
어제의 한때가 가을행 말을 타고 달려와
그녀를 겨냥한다
산국 사이로 기댄 바람이
몸 바짝바짝 당겨 방어벽을 세우지만
정면을 뚫고 지나 와르르 통증 쏟아낸다
어제는 소소함일지라도 추억이라는
브랜드네임이 되어 휘감기고
사위어가는 지상의 색깔들
촛불시위처럼 힘을 내며
자축을 위해 모여든다
먹빛으로 무늬 진 한 때가
햇살 커튼을 밀고 나오는
아주 잊은 듯 멀기만 하던 첫 키스가

깨금발로 다가와 귓가에 잠시 짐을 푸는
수상쩍은 가을

말을 깁는 남자

압록강을 건너던 선대의 이야기를
주기도문처럼 외는 그는 혀가 짧다네
그래서 그의 말은 날것처럼 들리기도 한다네
풍요의 때 덜 묻은 북방식 억양은
전나무 냄새가 나기도 하는데
표의문자 속에서 박치기를 하다
모서리 깨진 말의 귀퉁이 꼼꼼히 기워
새살 돋우는 명의이기도 하다네

경락을 따라 꼭꼭 밟아 내리던 엄지
어느 시점에선가 멈춰 호흡 고른다네
뭉쳐있는 근육이 부드러워질 때쯤이면
둥글게 심호흡을 해야 한다네
기진된 사람들의 피로 풀어질 때가
그의 비등점인데
굳은살 박인 생을 이국 땅
난전 경매에 붙이고도 여전히 겉돈다네
삼 년 품삯 모아 고향에 땅 사면
돌아가리라는 약속은 지켜지려는지

유랑의 대 끊고 뿌리 깊어 지려는지
또르르 그리움 흘러 목덜미에 고인다네

씻김굿

맹목은 아니지만 작정 없이 나선 길

지주목이 되어 주던 배후들에게
일제히 난타를 가하며 심술을 부리다가
길 어디쯤에서 방향을 잃고 말았다

헤매다 얼이 빠진 지경에 이르러 모퉁이를 도는데 '순자
네 식당' 필체까지 후줄근한 간판 보인다 대여섯 개 테이블
턱 빠지게 하품을 하고 남미계종업원 냉수 한 컵을 따라준
다 차림표에는 김치찌개 육개장 해장국 죄다 모여 해죽댄다
뉴저지 끝단 느글느글한 마을에서 김치찌개의 생존법은 어
땠을까 시장기를 빙자해 순자의 내력을 엿본다 슈튜어트 여
사로 스미스 부인으로 서른 해 탈색되고도 뼈대 아직 꼿꼿
하던 그녀 산전수전이 결박을 풀고 기어 나와 신화가 된다
그 장엄 서사에 추임새를 넣고 장단을 맞추는데 통성명 없
이도 우리는 동명同名의 순자였음으로 굽이쳐오는 휘모리,
자진모리, 중중모리

비탈진 길에서 만나고 뒤틀린
인연의 씻김굿 밤 이슥토록 길다

커브를 돌 때

왼쪽으로 혹은 오른쪽으로 기울어 질 때
직진 보행에선 미처 볼 수 없던
가변의 풍경이 눈에 들어온다
허기 물고 집으로 향하는 길
가장 잃은 창문이 토해내는 라면가닥 같은
백열등 불빛 아래 다붓다붓한 토끼풀 꽃

슬픔의 깊이가 웃음의 크기가 되듯
내리 꽂이는 햇빛도 각도를 지닐 때
파동이 생기듯
춤이 되듯

브로드 에비뉴 선상에서
베이글 봉지에 귓불을 부비며 걷는
그와 마주친다
난항이 짐작된다
모퉁이를 돌고 있는가 나와 그대여
낮은 것에도 눈길을 주길 그러나
아주 머무르지는 말고

구부렸거든 재빠르게 펴길
구부리던 그 유연성으로
각도를 틀어 몸을 회전할 수 있기를

거인의 집

식탁 위에 한 묶음 말린 웃음이 꼽혀있다
들창은 끊임없이 닫히려 하고 커튼은 부단히 열리려 한다
저녁이 현관문을 밀고 들어오자 실내 공기는 마른기침을
하며
회오리처럼 솟아오른다 밥솥은 분주하게 끓고 밥통인 어
머니는
퇴행성을 막기 위한 한 줌 알약을 삼킨다 약 기운으로 연
명하는 밥,
밥이 위기에 몰리고 있다 이어폰을 끼고 음악을 듣는 아
들의 입에선
스트릿 댄스 같은 동작이 흘러나온다 그는 말하지 않고
행동한다
목이 말라 딸꾹질을 해대는 관음죽과 노골적으로 부글거
리는
뱃속을 드러내 배수가 되지 않는 변기
식탁은 퍼포먼스 입맛의 방식대로 연기한다
핵, 핵의 파워, 핵 때문에 할머니는 가계도에서 지워져
간다
가족의 이름이 축소지향이다

아버지는 상석을 포기하고 계산기를 갖고 논다
아버지의 숫자는 이제 늘어나지 않는다
변고가 생기지 않는 한 아버지는 무리수다
딸은 계기판, 집의 나아갈 방향이다
황야에서 불어 온 바람 탓이다
오래된 숙원이다
야합도 대치도 없이 돌아 앉아 놀이에만 열중인 거인의 집

관중

막상막하의 대결일수록
장딴지를 거머쥐고 상체를 비틀어
패대기쳐야 한다는 생각은 금물
기선제압이라는 밀림의 법칙은
종종 위반 되어야 한다

싸움엔 늘 관중이 있기 마련
관중은 싸움꾼보다 더 격렬하다
피를 느끼지 못하고는 열광하지 않는다
밀림의 피하조직 속에
환호하는 갈채가 있다
경기의 승패는 힘의 대결이라기보다
지략의 겨룸이라기보다
보아하니 피 흘림의 정도인 듯하다
진정한 선수는 아무하고나 맞붙지 않을 것이다
피 흘릴 상대를 만나야만 링에 오를 것이다
생사生死를 걸지 않는 선수에게
관중은 박수를 보내지 않는다

뮤직비디오

소리가 귀를 막고 춤춘다
춤사위가 풍경을 배회한다

　모래 바람이 사막을 들까분다 사막은 난타당하면서 사막
이 되어간다 빛이 사막의 귓바퀴를 맴돈다 몇몇의 무희가
맨발로 사막을 유혹한다 춤은 외설스럽고 사막은 정숙하다
정숙도 외설만큼 유서가 깊다 풍경이 풍경을 빠른 속도로
불러오고 더 빠르게 내치면서 너는 완성되어 간다 이제 너
는 풍경 안에서만 존재한다 풍경이 사라지자 너도 사라진다
너는 풍경을 조정한다

　절반의 소리
　절반의 풍경이 몸을 부딪고 비틀다가
　결국 한 프레임 안으로 든다
　이제 뗄레야 뗄 수 없는
　운명이다

여자는 집중된 동물이다 *

폐경은 일종의 자유선언
성_性의 족쇄에서 풀려나 비로소 사람이 되는 일
이라는 문장이 완성됐다
암시장의 물주 같은 어느 여성학자에 의해서다

몸과 마음이 겉도는 그녀
생태학적 모순을 유도한다고 봐야할까
생각 극한에 부려져
개미허리를 지향하는 그녀
성장장애 증후군이라고 봐야할까
가슴확대수술로
남성제패를 넘보는 그녀
현대의학의 선제골이라고 봐야할까
폐경 지나고도 끝내 포기 않고
주기적 우울증에 시달리는 그녀
집중이 과하다고 봐야할까

* 김수영의 시 「여자」에서 차용

수신과 발신의 연계

손 전화기가 빨래 통에 빠져
정신을 놓았다
한 번의 물맛에 전신마비가 되었는데
간신히 메모리 칩은 살아 있어
새 몸통 구해 끼워 넣었더니
혼돈 중에도 홰치듯 기억들 불려나와
수신과 발신의 연계를 주루룩 밝힌다

전화기를 바라보다
낙반 사고로 정신 오락가락한다는
그를 생각한다
머리에 저장된 것은 거의 다 잃어버리고
가슴에 담긴 관계성에만 집착한다는
그의 극단을 종종 의아해 했는데
그에게 남아있는 기억은 심장에 새겨진 문신 아닌지
혹은 사라진 것들에 대한 최소한의 예우로
명도 점점 높아 가는 것은 아닌지

내 정신 속에 오래 기거한 말들도

가슴을 강타했던 말랑한 것만 남고 어느 날,
아득히 다 사라지고 말겠다고
샤라지리라고 말해 주는 것 같은 손 전화기

퇴행성 논란

불라디보스톡으로 가야겠어 한 열흘 그곳에서 집시처럼
건들거리다 시베리아 행 기차를 타야겠어 쭈뼛쭈뼛 갈기선
땅을 밟고 달리는 기차 안에서 이사도라 던컨의 생애를 읽
으면 좋을까? 이름이 끌리는 역이면 내려 감자를 팔러 나온
농부의 손을 잡고 싶어 흙을 다룰 줄 아는 이의 눈빛을 바라
보면 내안의 퇴적층 파르르 살아나 융모의 숨소리 들을 수
도 있을지 몰라 바람 거친 날 뜨거운 독주 한잔을 목구멍으
로 밀어 넣으며 밀폐된 내 영혼으로 들고 싶어 바른 말에 오
래 끌려 다녔어 바른 말은 나를 감금시켜 순종을 배양시켰
지 잘 배양되어 독이 되었을까 잠언의 저잣거리에서 비로소
흘러내리는 바르지 않은 말을 찾아내고 싶었으니까

불라디보스톡으로 가야겠어 한 열흘 그곳에서 빈둥거리다
시베리야 행 기차를 타야겠어 천형이라고? 생동하는 기운
으로 두루 꿰어지지 않으면 어디고 척박해 그곳엔 무엇에도
길들여지지 않은 빛나는 눈들이 있을 거야 북극의 날씨가
탄생시킨 투명한 파열음들이 오관을 찌르며 생명에 대한 경
외를 부축일거야 사냥으로 근육을 키운 원주민의 품에 들어
북극의 하늘에 대고 정신의 방사를 수없이 해 댈거야 만년
설에 몸으로 화인火印을 찍을 거야

화살표

한량閑良으로 살아보고 싶다던 그가,
주름 진 백바지에 코끝 날렵한 구두를 신고
사주 카페에 앉아 여자들 손금이나 봐주며 살고 싶다던 그가,
일 년 쯤 건달이 되어보고 싶다던 그가,
헤진 청바지에 어깨 선 숫닭의 벼슬 같은 가죽 재킷을 입고
예쁜 애들 엉덩이나 슬쩍슬쩍 건드리고 싶다던 그가,

백수白手가 되었다
아침마다 넥타이에 목을 매지 않아도 되고
빡빡한 시간의 충돌을 피해
커피를 들고 마라토너 같이 뛰지 않아도 되고
고약한 보스의 패러독스에 감염되지 않아도 되는
자유인이 되었다는 것인데

갑자기 들이닥친
무한 자유는 방향을 잃게 했는지
누군가, 익명의 누군가가 제시 해 놓은
화살표를 따라 화살표만을 향해 가던 그가
자유가 범람하는 사막 한가운데 둥둥 떠 있다
높이 떠 있다

날아간 방
   – 첫 아이를 출가 시키며

방 하나가 날아갔다
방을 채웠던 물건들도 서풍에 날려 보냈다
동향 집 창밖으로 날려 보낸 물건들이
방을 향해 찾아들기도 하는데
비워진 자리 외로움으로 잠시 앉았다 가곤 한다

핏줄로 축조한 세 칸 방
많지도 적지도 그러나 가득했다
문틈으로 수시로 바람 들곤 했지만
구들장 밑에서 묵은 장 맛 같이
티격태격이 뭉근히 졸여지기도 했는데

방이 날아 갈 때가 왔다는 걸
알게 되는 건 순전히 감이다
비애의 감感

빈방 문 닫고
책을 읽고 음악을 듣는다
문자는 균열이 생기고

소리에도 동티가 난다
몸살 크게 한 번 앓아야 할 것 같다

■ 시인의 꿈과 길

제목

위핑체리가 꽃을 피우기 시작한다.

이 나무의 가지는 하늘로 솟지 않고 땅으로 늘어진다.

늘어진 가지로 제 발등을 감싸고 있다.

가끔씩 가지를 위로 올려주고 싶을 때가 있다.

그러나 날지 못하고 같은 자리를 뱅뱅도는 내 시처럼 제자리로 돌아온다.

누군가의 옆구리를 간질여 웃음이 되거나 눈물샘을 건드려 울음이 되기를 바라며 떠나보낸 시들은 아직도 중천을 배회중인 모양이다.

그러나 시가 꼭 무엇이 되어야 할 필요가 있을까.

시에게 그걸 강요하고 싶지 않다.

시가 그냥 시여서 안 될 것이 무언가.

모국어가 송이꿀처럼 달다. 예쁘다. 시를 쓰지 않았던들 느낄 수 없었을 것이다.

기표와 기의의 결합, 이미지와 비유의 조화에 아직도 서툴고 미숙할지라도 이 각별한 연정은 쉬 사라질 것 같지 않다.

내 안에 침전되어 있는 시간의 앙금을 발굴하는 일은 쓸

쓸한 일이다.

맨해튼 거리를 혼자 걸으며 발광하듯 필사적인 사람들, 그들 생의 내력을 받아 적고 싶을 때 있다. 누군가에게 나의 생도 발설하고 싶어진다. 그 발설을 사랑한다.

보도블럭에 들러붙은 껌처럼 도무지 떨어지지 않고 수시로 태클을 걸어오는 장난꾸러기들의 소행 같은 일들. 그것을 무겁게 받아들이고 싶지는 않다. 좀은 아프고 귀찮지만

그러나 그런 모든 일들의 집합이 인생 아니던가.

노상 카페에 앉아 헤이즐럿 커피 한 잔을 낯선이들과 등을 대고 앉아 마시는 일, 요즘 자주 울음이 고인다. 인체의 절반이상이 물이라지만 얼마나 더 퍼내야 질척이지 않고 모슬린 같이 사각거릴까. 로드와 스트릿을 지나며 나는 어떤 물상에 눈이 데인다.

떠나온 동지들, 도시에 방목된 이방인들, 오래전부터 알아왔던 이들처럼 수인사를 나누며 길을 비켜주는 이들의 목덜미로 스미는 바람은 자해공갈단 같다. 불온한 기운이 도는 이 땅에서 나는 나의 방언으로 견딘다.

뒷마당 개나리들이 삐약, 삐약 대기 시작한다.

노란 색을 바라보면 궁핍에 대해 생각하게 된다.

그런데도 왜 봄이면 한두 그루씩 개나리를 심어 왔는지 모르겠다.

모여진 개나리가 이십여 그루인데 이 봄 개나리를 두고 이집을 떠나야 할 것 같다.

아이들의 웃음이 배여 있는 집. 된장찌개, 김치찌개 냄새
가 버터냄새를 밀어내고 기둥 사이마다 숨어 있는 집. 십수
년 내 발설을 참고 받아 준 곳. 문패 대신 당호 하나를 지어
이마에 달고 싶던 집이다. 다락방은 나의 비밀을 다 알고
있다. 흩어진 말들의 코를 바늘에 꿰어 뜨개질하던 곳. 아
마 집도 다른 누구와 쉽게 친화할 수 없을지도 모른다.
　떠나는 나처럼 집도 가끔씩 나의 안부를 물고 싶을 때가
있을 것이다.

　나는 지금 김치와 햄버거 중간쯤에 있다.
　나는 나의 위치를 비무장지대라고 부르곤 한다.
　무장은 해제되었지만 아무도 쉽게 들어 갈 수 없는 곳,
　평화롭지만 위험이 도사리고 있는 곳,
　한참을 더 살아도 내 위치는 쉽게 변할 것 같지는 않다.
　차라리 이 자리에서 장수하고 싶다. 꿋꿋하고 싶다.
　그리고 자생하는 희귀종들처럼 나도 자생하는 어떤 종류
가 되고 싶다.

1955년 경기도 안성군 양성면 난실리에서 아버지 조예형, 어
　　　　머니 이정자 사이에서 오남매 중 장녀로 태어났다.
　　　　뒤로는 산이, 앞으로는 물이 흐르는 그야말로 배산
　　　　임수의 풍광 좋은 마을이었다. 미곡 초등학교에 다
　　　　녔는데 운동장 주위로 아름드리 벚나무가 둘러쳐
　　　　져 있어 봄이면 운동장이 하얗게 꽃잎 흩날렸다.
1966년 송전 중학교에 입학했다. 가끔 문예반에서 상을 받
　　　　기는 했지만 그다지 두각을 나타내진 못했다.
　　　　그래도 친구들 사이에서는 인기가 괜찮았는지 학생
　　　　회 부회장을 하기도 하며 좀 으스대곤 했다.
1969년 할머니의 미움을 사면서도 서울 고모네 집으로 도
　　　　망치듯 떠났다. 서울에서 공부를 해야겠다는 꽤 당
　　　　돌한 생각을 가졌다. 그 후 십 수년을 고모네 집에
　　　　서 군식구 노릇을 했다.
　　　　중앙여고를 다니던 서울에서의 나는 늘 기가 죽어
　　　　좀체 활로를 찾지 못했다. 난실리에서 정미소를 운
　　　　영하며 그런대로 살만하던 아버지였지만 아버지의
　　　　재력은 서울에서는 명함도 못내밀었다. 여학교 시
　　　　절, 자주 우울증을 겪곤 하면서도 세계명작전집만
　　　　큼은 열심히 읽으며 사고 없이 잘 보냈다. 좋은 친
　　　　구들, 아름다운 교정, 예쁜 교복. 문예반에는 쟁쟁
　　　　한 애들이 있었는데 지금은 다 뭘하는지.
1973년 대학에 떨어져 낙심하고, 포기하고, 빈둥거리는데
　　　　사촌 오빠들은 그 꼴이 한심해 보였는지 어디라도

가서 공부를 해야 한다고 성화를 했다. 숭의여자전
문대학 도서관과에 들어가 그런대로 재미있게 보냈
다. 학보사 편집장을 하면서 글을 써봐야 겠다는 생
각을 갖게 되었고 교내 문예공모에서 곧잘 상을 받
았다.

학교를 졸업하면서 사서 자격증을 얻었다. 그리고
'대우경제문제연구소'와 '한강성심병원' 도서실에서
사서로 일하며 책과 친하게 지내다가 지극히 평범
한 월급쟁이이던 남편 유재길과 결혼을 했다. 그것
이 1978년 늦가을이다.

결혼을 하고 아무런 절규 없이 잘 살았다. 아이를
낳아 기르면서 보통의 어미들처럼 극성맞게 치맛바
람을 잡아 보기도 했다. 몇 번씩 아파트를 옮겨다니
기도 했는데 그러면서도 문학 이론서들을 버리지
않고 끌고 다녔다. 어느 날, 테니스를 배우자는 친
구의 말을 듣고 나는 테니스보다 글공부를 해야겠
다고 그날로 전철을 타고 한국일보 문화센터로 나
가 등록을 했다. 작고하신 수필가 박연구 선생님이
지도하는 수필 반에 들어가 재미있게 공부했다. 단
기코스의 사회개발대학원 프로그램을 찾아다니기
도 하며 지적 안목을 넓혀보려고 동분서주한 시기
였다

1993년 수필계간지 『수필공원』으로 등단했다. 지금은 월간
으로 바뀌고 제호도 『에세이문학』으로 바뀌었다. 그

리고 다음해인 1994년 미국으로 이민을 왔다.

미국에 와서 '미동부문인협회'에 가입을 하고 모국어를 끌어안고 애무하는 이들을 만나게 되었다. 뻔질나게 맨해튼과 훌러싱으로 문학강좌를 들으러 다녔다. 전에 없이 모국어를 더 사랑하게 되었다.

2002년 김정기 선생님이 지도하는 '중앙일보 문학교실'에서 시에 대한 열정을 갖게 되었다. 「김장김치」가 미주중앙일보 신인문학상에 당선이 되었다. 심사를 맡으셨던 마종기 선생님을 만나게 되었다. 느슨해지던 나는 좀 더 문학에 다가가고 싶었다. 같은 해 월간 『시문학』 우수작품상에 당선되기도 했다.

2004년 오래 묵혀두었던 수필들을 『바늘의 언어』라는 제목으로 책으로 묶으면서, 아직은 덜 여문 시들도 『기어가는 것은 담을 넘을 수 있다』라는 제목의 시집이 되어 세상으로 나왔다. 서울에서 책이 운송되어 오는 도중 교통사고를 당했다. 너무 큰 사고여서 오래 병원신세를 져야 했고 후유증으로 고생을 해야 했다. 발간된 책들은 받아들고도 나는 기뻐할 수가 없었다. 다시 시를 쓸 수 있을까. 모든 게 자신이 없어졌다. 다행이 몸은 차츰 회복되었고 일상생활을 할 수 있게 되었다.

2006년 이 해부터 2년여 동안 미주중앙일보에 「시인의 창가에서」라는 제목의 칼럼을 게재했다. 좋은 시를 읽고 독후감을 쓰는 형식이었는데 시를 공부하는데

더없이 도움이 되기도 했었다. 지금은 한국에서 왕
성하게 활동하는 시인들의 시와 그 경향을 나름대
로 조사 정리하여 문학모임에서 서로 나누는 일을
해오고 있다.

일 년에 몇 차례 『현대시학』과 『시문학』에 시가 실려
고국에 계신 분들께도 인사를 드리곤 한다.

2009년 모아온 시들 백여 편 중에서 육십여 편을 추려냈다.

시집에 오르지 못하고 유산된 시들을 위해 백합 한
다발을 헌화했다. 태어날 시집에 대한 예우라고 생
각하면서……

성실한 남편과 뉴욕에서 변호사로 일하는 큰딸, 뉴
저지 테나플라이에서 교사로 있는 둘째딸, 해군장
교가 되어 바다를 지키는 게 꿈인 막내 아들이 있어
지지고 볶으며 외롭지 않게 살고 있다.